Vente du Jeudi 30 Avril 1874.

SALLE N° 1

TABLEAUX

DES PREMIERS MAITRES

DE

L'ÉCOLE MODERNE

EXPOSITIONS :

PARTICULIÈRE	PUBLIQUE
Le Mardi 28 Avril 1874.	*Le Mercredi 29 Avril 1874.*

DE UNE HEURE A CINQ HEURES.

Me CHARLES PILLET,	M. FÉRAL, PEINTRE,
Commissaire-Priseur	Expert
10, rue de la Grange-Batelière.	23, rue de Buffault.

Paris — 1874

CATALOGUE

DE

TABLEAUX

DES PREMIERS MAITRES

DE L'ÉCOLE MODERNE

AU NOMBRE DESQUELS ON REMARQUE DES ŒUVRES DE :

Ingres, Decamps, Jules Dupré, J.-F. Millet,
Troyon, Théodore Rousseau, Diaz, Corot, G. Moreau, Marilhat, Ph. Rousseau,
Vollon, Roybet, Plassan,
Chavet, Em. Lévy, Desgoffe, Eug. Isabey, etc.

Formant en partie la collection de M. M***, de Marseille

DONT LA VENTE AUX ENCHÈRES AURA LIEU

HOTEL DROUOT, SALLE N° 1,

Le Jeudi 30 Avril 1874

A DEUX HEURES.

Par le ministère de **Me CHARLES PILLET**, Commissaire-Priseur,
10, rue de la Grange-Batelière ;

Assisté de **M. FÉRAL**, Peintre-Expert, 23, rue de Buffault,

Chez lesquels se trouve le présent Catalogue.

EXPOSITIONS { *PARTICULIÈRE* : le *Mardi* 28 *Avril* 1874.
PUBLIQUE : le *Mercredi* 29 *Avril* 1874.

DE UNE HEURE A CINQ HEURES.

CONDITIONS DE LA VENTE

Elle sera faite au comptant

Les acquéreurs paieront *cinq pour cent* en sus du prix des adjudications.

Paris — Impr. PILLET fils aîné, rue des Grands-Augustins, 5.

DÉSIGNATION

ANDRÉ

(JULES)

1 — Paysage boisé coupé par une rivière.

A droite, deux vaches se reposent, couchées au pied d'un saule.

Signé en toutes lettres.

ANDRÉ

(JULES)

2 — Sentier traversant un bois.

Signé en toutes lettres.

Toile. Haut., 54 cent.; larg., 64 cent.

ANTIGNA

(DEUX PENDANTS)

3 — Bonheur.

4 — Affliction.

Signés.

Toile. Haut., 73 cent.; larg., 54 cent.

BARON

(H.)

5 — La Déclaration.

Signé : H. Baron.

Bois. Haut., 19 cent.; larg., 13 cent.

BIANCHI

(MOSE)

6 — Jeune femme tricotant.

Signé : Mose Bianchi.

Toile. Haut., 74 cent.; larg., 58 cent.

BIANCHI

(MOSE)

7 — Garde endormi.

Signé : Mose Bianchi.

Toile. Haut., 49 cent.; larg., 34 cent.

BOILVIN

(EM.)

8 — Dans les bois.

Signé.

Toile. Haut., 44 cent.; larg., 60 cent.

BOUDIN

9 — Le Phare du Havre.

Signé et daté 70.

Bois. Haut., 17 cent.; larg., 26 cent.

CARAUD

(JOSEPH)

10 — La Reine Marie-Antoinette à Trianon.

La reine, vêtue d'une robe de satin blanc avec pardessus en soie rose, s'occupe à donner du grain à des poules et leurs poussins; la princesse de Lamballe, auprès d'elle, la regarde en souriant.

Signé en toutes lettres.

Toile. Haut., 58 cent.; larg., 70 cent.

CARAUD

(JOSEPH)

11 — Jeune Femme dans son intérieur.

Elle est debout, devant sa toilette, vêtue d'une robe en soie jaune et d'un caraco en velours bleu garni d'hermine; l'air pensif, elle tient des ciseaux et se coupe négligemment les ongles.

Signé en toutes lettres et daté 1861.

CHAVET

(VICTOR)

12 — L'Artiste dans son atelier.

Il est devant son chevalet, assis dans un fauteuil; il

tient à la main sa palette et se tourne vers la droite pour causer à une jeune femme qui est debout près de lui.

Signé en toutes lettres.

Bois. Haut., 54 cent.; larg., 62 cent.

COROT

(J.-B. CAMILLE)

13 — Le Château de Pierrefonds.

Ses tours, qui s'élèvent au-dessus d'un monticule boisé, sont éclairées par le soleil couchant; à la pointe du lac qui est au premier plan, se trouve un bateau qu'un homme et une femme amarrent à l'entrée d'un petit bois.

Signé en toutes lettres.

Toile. Haut., 74 cent.; larg., 105 cent.

COROT

(CAMILLE)

14 — Les Étangs de Ville-d'Avray en 1856.

Au premier plan, un bateau amarré auprès d'un vieux saule dont le tronc noueux se courbe au-dessus de l'eau.

Signé en toutes lettres.

Toile. Haut., 25 cent.; larg., 38 cent.

COROT

15 — Le Tréport en 1864.

Signé : Corot.

Toile. Haut., 24 cent.; larg., 36 cent.

COURBET

(G.)

16 — Chasseur sous bois.

Signé : G. Courbet.

Toile. Haut., 48 cent.; larg., 60 cent.

DECAMPS

17 — Écurie de poste aux chevaux.

Trois chevaux sont attachés au ratelier; à droite, un homme tient un sac et verse de l'avoine dans un crible : deux poules picorent au pied des chevaux.

Ce tableau a été peint en 1860.

Signé : Decamps.

Toile. Haut., 54 cent.; larg., 46 cent.

DECAMPS

18 — Site d'Orient.

Au centre, coule une large rivière, encaissée par des bords escarpés ; à droite, au sommet du monticule, une habitation entourée de murs blancs, et un peu au-dessous, sur une route, des cavaliers turcs et des hommes à pied.

Toile. Haut., 44 cent.; larg., 65 cent.

DEJONGHE

(GUSTAVE)

19 — Lovers Walk Gibraltar.

Signé et daté 1866.

Bois. Haut. 55 cent.; larg., 45 cent.

DEJONGHE

(GUSTAVE)

20 — Femmes espagnoles en prière.

Signé et daté 1867.

Bois. Haut., 49 cent.; larg., 60 cent.

DESGOFFE

(BLAISE)

21 — Un vase de fleurs et un lambrequin en velours rouge avec broderies d'or posées sur une table.

Signé : BLAISE DESGOFFE.

Toile. Haut., 25 cent.; larg., 19 cent.

DIAZ DE LA PENA

(NARCISSE VIRGILE)

22 — Le Harem.

Dans l'intérieur d'un harem richement tapissé, ouvrant sur des bosquets par une large fenêtre que soutiennent deux colonnes de marbre, un sultan, entouré d'un grand nombre de femmes et d'eunuques, regarde trois jeunes femmes dansant au son d'une mandoline; à gauche, sous un dais orné de rideaux, un dressoir garni de vases d'or et d'argent.

Ce tableau a été exposé.

Toile. Haut., 55 cent.; larg., 80 cent.

DIAZ

(NARCISSE)

23 — Enfants turcs.

Ils jouent à l'ombre de grands arbres; à droite, dans le fond, on aperçoit des maisons turques au bord d'un cours d'eau.

Signé : N. DIAZ, 53.

Toile. Haut., 48 cent.; larg., 57 cent.

DIAZ

24 — La Diseuse de bonne aventure.

Dans un paysage rocheux, une vieille femme, assise sur le bord d'un chemin, dit la bonne aventure à deux jeunes filles qui sont debout devant elle.

Signé en toutes lettres.

Toile. Haut., 54 cent.; larg., 37 cent.

DIAZ

25 — Paysage par un temps de pluie.

Site marécageux avec rochers et bouquets d'arbres, ciel nuageux avec éclaircie au centre, éclairant vivement le second plan et se reflétant dans des flaques d'eau; vers le fond, une femme porte sur son dos un fagot de bois mort.

Signé en toutes lettres et daté 72.

Bois. Haut., 55 cent.; larg., 67 cent.

DIAZ

26 — Mare dans une forêt.

Une femme assise se repose au pied de quelques arbres qui poussent entre des rochers.

Signé en toutes lettres.

Toile. Haut., 37 cent; larg., 53 cent.

DIAZ

(NARCISSE)

27 — Paysage sous bois.

Signé : N. DIAZ.

Bois. Haut., 15 cent.; larg., 30 cent.

DIDIER

(JULES)

28 — Troupeau de buffles au bord d'une mare.

Signé.

Toile. Haut., 44 cent.; larg., 64 cent.

DOLBANO

29 — Le Golfe de Naples. — Effet de brouillard.

Signé : E. DOLBANO. Napoli, 1872.

Toile. Haut., 55 cent.; larg., 94 cent.

DUPRAY

30 — Soldats en faction.

Toile. Haut., 32 cent.; larg., 24 cent.

DUPRÉ

(JULES)

31 — Route tournante dans la forêt de Compiègne au pied du château de Saint-Pierre.

Au premier plan, un pâtre chasse un troupeau de moutons.

Ce tableau a été peint en 1851.

Signé : JULES DUPRÉ.

Toile. Haut., 92 cent.; larg., 73 cent.

DURAN

(CAROLUS)

32 — Femme espagnole.

Vue en buste, la tête couverte d'un voile de dentelle noire, elle tient à la main un éventail.

Toile. Haut., 69 cent.; larg., 48 cent.

DURAND-BRAGER

(HENRI)

33 — Mer houleuse.

Au centre, un bateau de pêcheurs dont les marins sont occupés à serrer les voiles.

Signé et daté 1851.

Bois. Haut., 30 cent.; larg., 69 cent.

FICHEL

(EUGÈNE)

34 — Le Billet.

Une jeune femme, assise dans un intérieur, est occupée à lire une lettre; une soubrette debout, près d'elle, paraît attendre la réponse.

Signé : E. FICHEL, 1855.

Bois. Haut., 23 cent.; larg., 17 cent.

FRANÇAIS

(FRANÇOIS-LOUIS)

35 — Les Bords de la Marne. — Soleil levant.

Des paysans sur les bords coupent des joncs et les mettent en botte.

Signé en toutes lettres et daté 55.

Toile. Haut., 48 cent.; larg., 71 cent.

FRANÇAIS

(FRANÇOIS-LOUIS)

36 — Paysage. — Vue prise au Bas-Meudon.

Signé en toutes lettres.

Bois. Haut., 20 cent.; larg., 45 cent.

GALLAIT

37 — Le Tasse en prison.

Toile. Haut., 21 cent.; larg., 16 cent.

GIRARDET

(ÉDOUARD)

38 — Un moine repeignant la statue de saint Sébastien percé de flèches.

Signé : ÉDOUARD GIRARDET, 1867.

Toile. Haut., 55 cent.; larg., 46 cent.

GIROUX

(ACHILLE)

39 — Le Maréchal ferrant.

Signé en toutes lettres.

Bois. Haut., 42 cent.; larg., 60 cent.

HEULLANT

40 — Ydille.

Aquarelle.

Haut., 28 cent.; larg., 18 cent.

INGRES

(JEAN)

41 — La Vierge à l'hostie.

La Vierge est debout devant un autel, vue à mi-corps, vêtue d'une robe rouge et drapée dans un manteau bleu, les mains jointes, la figure de face ; elle a à ses côtés des anges ; les uns soulèvent des rideaux verts qui se trouvent à droite et à gauche de la composition, pendant que des chérubins préparent des lampes et encensoirs devant servir pour l'office.

Variante du tableau que l'artiste a peint en 1836 et qui appartient à l'empereur de Russie.

Signé : J. Ingres. Pix, 1860.

Toile. Haut., 62 cent.; larg., 47 cent.

ISABEY

(ENGÈNE)

42 — Bateau rentrant au port.

Signé : E. Isabey.

Bois, Haut., 30 cent.; larg., 31 mètre.

LAFOND

43 — Jeune Femme dans un intérieur occupée à se mettre des mouches.

Signé : H. Lafond, 58.

Bois. Haut., 24 cent.; larg., 19 cent.

LAFOND

44 — La Promenade dans le parc.

Signé en toutes lettres.

Bois. Haut., 15 cent.; larg., 12 cent.

LANSYER

45 — Bois de citronniers et d'oliviers près Menton.

Signé.

Toile. Haut., 42 cent.; larg., 58 cent.

LÉVY

(ÉMILE)

46 — La Fontaine.

Une jeune fille italienne prend de l'eau à une fontaine et écoute les propos d'un berger qui est debout auprès d'elle.

Signé : E. Lévy, 1869.

Toile. Haut., 130 cent.; larg., 75 cent.

MADRAZZO

47 — Jeune fille espagnole vue en buste.

Signé en toutes lettres.

Toile. Haut., 45 cent.; larg., 34 cent.

MARCHAL

(CHARLES)

47 *bis*. — La Confidence.

Dans un élégant salon moderne deux charmantes jeunes filles ont reçu la visite d'une de leurs amies, à qui elles confient un secret qu'on devine aisément.

Haut., 80 cent.; larg., 1 mètre.

MARILHAT

(PROSPER)

48 — Paysage arabe.

Des Arabes se reposent auprès de leurs tentes; au second plan, se trouve une habitation avec jardin entouré de murs, au-dessus desquels se dressent des palmiers; dans le fond, des rochers et des montagnes se perdant à l'horizon.

Bois ovale. — Signé : P. MARILHAT.

Haut., 35 cent.; larg., 43 cent.

MILLET

(JEAN-FRANÇOIS)

49 — L'Automne.

Dans un paysage brumeux, une gardeuse de dindons est debout, vue de dos et armée d'une gaule; le vent agite ses vêtements et fait courir sur le sol les feuilles sèches que les premiers froids ont détachées des arbres; les dindons sont épars dans un champ semé de morceaux de roches; à droite et au second plan, se trouve un chariot chargé de bois mort près duquel est un arbre dépouillé de ses feuilles.

Signé J.-F. MILLET.

Toile. Haut., 82 cent.; larg., 100 cent.

MILLET

(J.-F.)

50 — Les Baigneurs.

Signé des initiales.

Bois. Haut., 22 cent.; larg., 32 cent.

MOREAU

(GUSTAVE)

51 — La Naissance de Vénus.

Elle est nonchalamment couchée sur une conque marine, quelques oiseaux voltigent autour d'elle; dans le fond, on aperçoit des rochers aux pieds desquels de nombreux personnages surpris admirent la déesse.

Signé : GUSTAVE MOREAU.

Bois. Haut., 21 cent.; larg., 46 cent.

PALIZZY

52 — Paysage rocheux.

Au centre, un berger joue de la flûte en gardant un troupeau de chèvres.

Signé en toutes lettres.

Toile. Haut. 48 cent.; larg., 71 cent.

PILLE

(H.)

53 — Curiosités chinoises.

Signé : H. Pille.

Toile. Haut., 73 cent.; larg., 60 cent.

PLASSAN

54 — La Lettre.

Une jeune femme, mollement étendue sur une chaise longue, lit une lettre; une servante, debout auprès d'elle, lui adresse la parole; dans le fond, le messager paraît attendre la réponse.

Signé : Plassan. 72.

Bois. Haut., 24 cent.; larg., 30 cent.

REYNAUD

(F.)

55 — Jeune Italienne.

Signé : F. Reynaud. 68.

Toile. Haut., 32 cent.; larg., 45 cent.

RICARD

(GUSTAVE)

55 *bis*. — Portrait de jeune femme.

Provenant de la vente, après décès, de l'artiste. N° 12 du Catalogue.

Toile, Haut., 68 cent.; larg., 48 cent.

ROUSSEAU

(PHILIPPE)

56 — Canards au bord d'une rivière.

Les uns prennent leurs ébats près d'une touffe de joncs auprès desquels poussent des nénufars; quatre autres prennent leur vol fuyant vers la droite.

Signé en toutes lettres.

Toile. Haut., 1 m. 30 cent.; larg., 82 cent.

ROUSSEAU

(PHILIPPE)

57 — Oiseaux morts.

Un corbeau et une bécasse jetés à terre. — Effet de soleil couchant.

Signé des initiales.

Bois. Haut., 37 cent.; larg., 65 cent.

ROUSSEAU

(PHILIPPE)

58 — Une rose et des papillons.

Signé.

Bois. Haut., 15 cent.; larg., 32 cent.

ROUSSEAU

(THÉODORE)

59 — Souvenir des bords de l'Oise.

De grands arbres poussent au bord de la rivière sur laquelle navigue un batelier; le ciel est nuageux; le soleil éclaire vivement un sentier sinueux qui traverse le premier plan.

Signé en toutes lettres.

Toile. Haut., 75 cent.; larg., 95 cent.

ROUSSEAU

(THÉODORE)

60 — Rochers au bord d'une mare.

Très-belle étude, signée des initiales.

Toile. Haut., 41 cent.; larg., 52 cent.

ROYBET

(J.)

61 — Une Odalisque.

Assise dans l'intérieur d'un harem, elle tient à la main un écran formé de plumes d'autruche.
Signé : F. Roybet. Alger, 72.

Toile. Haut., 56 cent.; larg., 45 cent.

SAINT PIERRE

(G.)

62 — Femmes de Constantinople dans leur intérieur.

Signé : G. Saint-Pierre.

Toile. Haut., 35 cent.; larg., 26 cent.

TASSAERT

(OCTAVE)

63 — Une Odalisque.

Signé des initiales.

Toile. Haut., 22 cent.; larg., 27 cent.

TROYON

(CONSTANT)

64 — Animaux dans un paysage.

Des vaches, un âne et un chien de berger sur un chemin fuyant vers le fond, à l'ombre de grands arbres; à gauche, un berger et des animaux paissent au bord d'une mare.

Signé : C. TROYON.

Toile. Haut., 70 cent.; larg., 1 m. 00 cent.

TROYON

65 — Une vache et un âne dans une prairie.

Vigoureux tableau provenant de la vente après décès de l'artiste dont il porte l'estampille.

Toile. Haut , 52 cent.; larg., 63 cent.

VAN ELVEN

(P.)

66 — Les préparatifs pour le bal.

Signé.

Bois. Haut., 32 cent.; larg., 24 cent.

VERNIER

(ÉMILE)

67 — Plage à marée basse.

Signé en toutes lettres.

Toile. Haut., 42 cent.; larg., 70 cent.

VOLLON

(A.)

68 — Nature morte.

Un faisan panaché, des petits oiseaux, une gibecière et un chaudron, le tout posé sur une table de cuisine. Signé : VOLLON.

Toile. Haut., 55 cent.; larg., 72 cent.

VOLLON

(A.)

69 — Mou de bœuf suspendu à un mur.

Signé.

Toile. Haut., 92 cent.; larg., 52 cent.

VOLLON

70 — Paysage.

Bois. Haut., 00 cent.; larg., 00 cent.

WEBER

(OTTO)

71 — Vaches au repos sur les bords de la mer.

Signé.

Toile. Haut., 30 cent.; larg., 45 cent.

WEBER

(OTTO)

72 — Vaches paissant dans une prairie.

Toile. Haut., 63 cent.; larg., 1 m. 05 cent.

ZIEM

73 — Clair de lune dans l'Adriatique.

Un gondolier, conduisant sa barque, s'approche du rivage pour prendre deux dames qu'un cavalier accompagne. On aperçoit, dans le fond, la silhouette des monuments de Venise.

Toile. Haut., 33 cent.; larg., 25 cent.

www.ingramcontent.com/pod-product-compliance
Ingram Content Group UK Ltd.
Pitfield, Milton Keynes, MK11 3LW, UK
UKHW020221180726
13838UKWH00005B/2128